ars vivendi

Maximilian Kerner
Gnabb derneem

Gedichte und Szenen

ars vivendi

Originalausgabe
Erste Auflage 2000

Lektorat: Heidrun Schoppelrey
Typografie und Ausstattung: Armin Stingl
Umschlaggestaltung: Armin Stingl (unter Verwendung einer Zeichnung von Gerd Bauer)
Druck: Legoprint, Trient

ISBN 3-89716-107-9

Moddo

Nedd alles woss zwaa Baggn hadd
Is unbedingd a Gsichd
Nedd alles woss si reimd
Is immer a Gedichd!

Inhalt

Hadd an der Schdaddgrenz

Vo Woddsldorf bis Weimar

Niemolls mehr allaa

Vuurm Doud kummd is Leebn
Und des is is Brobleem

Mei Vadder is mei bester Freind (Neue Folchen)

Boddburri

Hadd an der Schdaddgrenz

She's long and she's heavy and filled up with dirt
the long winding road from Nöörnböörg to Fööd

Der Mond woor keesweiß ieberm Siedfriedhuuf gschdandn
A boor Schdernler assn rum, wäi di armer Verwandn
»Scheiß-Schberrschdund!« hadd a Bsuffner am Egg vorner glalld
A Kooder hadd gjammerd, a Ausbuff hadd gnalld
Iiech grabbl un schdollber, iiech robb und iiech gäih
Iiech mäissd läing, wenni soong deed: Der Ohnmd woor schäi
Im Hochhaus am Blerrer, ka Lichd hadd mehr brennd
Ziggerreddn wolldi zäing, der Audomood, der hadd glemmd
Mei leddsdn finff Margg woorn drin und woorn wegg
In der Zufuhrschdraß, glei vonner am Egg
Mei Hemmerd woor zrissn, mei Daschn woorn leer
Gessdern ohmd woors nu drin, bloos des is lang her
Mei Diedn mimm Lohn, mei Moonerdsgehalld
Mein Manndl homms mer gschdulln g'habbd, Herrgodd, woors mier kalld
Di neggsde U-Bohn, gfoorn wärs su in dreierhallb Schdund
Miech hadds gfruurn wäi a Sau, miech hadds gschiddld wäi an Hund
Ka Mensch hadd mei Gschraa gheerd und kanner mei Floung:
Woss hadd nern a Ferdder in Nermberch zu soung!

L

Is Nermbercher »L«
Des lernd kanner schnell
Und scho goor nedd däi Breißn
Däi nooserweisn
Däi ganz schbeziell.

Dou hillfd ka Akademie
Ka Zunger noo bis zum Gnie
Sie brobierns zwoor wäi willd
Bis di Goschn ooschwilld
Obber lerner denners siss nie.

Is Nermbercher »L«
Lerner, simmer reell
Vo Milljooner er boor
Su nach goude fuchzgg Johr
Obber a bloos ewwenduell!

Aaf a goude Nachberrschaffd

An Ferdder im U-Bood
Mer erkennd nern ja glei
Als aanzicher hadder
An Fallscherm derbei!

Albin-Rädsl

Woss is des: Ess bfobbfferd
In aanerer Duur
Dou doddn am Berch
Underm Schnee drund hervuur?
Er Berliner
In der Lawiner!

Elffder elffder, elff Uhr elff

Däi Mainzer homm ihr »Helau«
Däi Kölner homm ihr »Alaaf«
Und mier homm unser Rou.

Fräiers

Der Dschebbinagg hadd fräiers drei Mann aaf am
Bierfillddser ausgschwannsdd!
Wenn der Wenauer neigräädschd hadd, hadd mer
gmaand, a Bohnschranggn kummd!
Der Schdrehls Heinz, wenner sein Kuubbff hieghalldn
hadd, im Schdroofraum, im feindlichn,
hadd mers gnaggn heern bis zum Duddsnddeich nieber,
di Scheedlbasis vom gechnerischn Vuurschdobber!
Der Derbfuss hadd sein Nohmer nedd ummsunnsd
ghabbd!
Der Bobb woor grobb, obber unfeer!
Der Heiner Müller is durchs Middlfelld gwirrbblld wäi a
Weeberschiffler!
Der Schdeff Reisch hadd in Ball gschdreichld, als wärs
sei neie Freindi!
Vom Luggi Müller homms ab finff Meeder Endfernung
is Ziddern gräichd, di Achillesfersn vom Geechner!
Und der Wabra hadd sein Schdroofraum su sauber
ghalldn,
dou hassd vom Buudn essn kenner!
Und woss homms heid?
An Haafn Schulldn!

Ann der Schdaddgrenz

Neili woori im Schlachdhuuf
In Ferdd innerdrin
Zwaa Sei hobbi kaffd
Walls dou billicher sinn.
Iiech kumm an di Schdaddgrenz
Aafn Riggsidds däi Sei
Dou hellds mi oo
Vo Ferdd di Bolliddsei
Si schauer ins Audo
Dann homms neidi glachd
Im Oofohrn dou heeri
Wäi anner sachd:
»Langsam kummsder ball vuur,
su wäi a Debb!
Unsre schennsdn Weiber
Werrn nach Nermberch verschlebbd!«

Wessdlich vo Ferdd
Dou gibbds a nu Schdädd

Zu Roodnburch, dou woor moll Schdunk
Weeng woss? Ner wecherm Massderdrunk
Er woor zu grouß, obwohl vull Eifer
Im ganzn Landkreis jeder Seiffer
Drennierd hadd, und zwoor nedd midd Saffd
Is Gloos woor zgrouss, si homms nedd gschaffd
Ess woor fassd wäi verdeiffld
Im Schdaddrood woorns verzweiffld
Der aa, der gibbd in andern schulld
Dann homms in Harald Juhnke g'hulld!

Sugoor an der Grenz
Zu Ferdd hie werdds Lenz

Wenn di Gerddner widder gerrdlln
Wenn di Maurer widder merrdlln
Wenn di Broddser widder broddsn
Wenn di Schboddser widder schboddsn
Wenn di Seechler widder seechln
Wenn di Veechl widder veechln
Wenn di Simmbll widder simmblln
Wenn di Zinndler widder zinndln
Wenn di Grandler widder grandln
Wenn di Sandler widder sandln
Wenn di Gaffer widder gaffn
Wenn di Raffer widder raffn
Wenn di Angler widder angln
Wenn di Rammler widder rammln
Wenn di Reiher widder reihern
Dann is Zeid zum Osdern feiern!

Vo Woddsldorf bis Weimar

Fiern Marssl Reich-Ranniddski

A Einbooschdrassnschilld
Brelld laud: »Iiech bin im Bild!
Ob Woorheid odder Dichdung
Alls die gleiche Richdung!«

Ieber den Wollggn
(Royale Version)

Nah seim Schloß im Schoddnland
Dou schdedd Brinz Dschaarls im Killd
An anner Glibbn vorn am Rand
Drundn loggd und luurd a Schdrand
Di See, di See, si brilld!

Brinz Dschaarls, er niggd gedanknschwer
»Hellou!« sachder zur Nachd
Dou bleddsli weid, weid drass vom Meer
A Schdurm kummd aaf und wehd derher
Brinz Dschaarls, er hadd bloos glachd!

Und seechld naus, scharf und verweeng
Und a midd Dissziblien
Houch naus durch Schdurm, durch Wind, durch Reeng
Und Fischer, däi nern flieng homm seeng
Homm brelld: »Godd säiff se Gwien!«

Durchs Nachdleebn mou mer durch
Nachds in Sanggd Beedersburch

Dossdojeffski, schwer bezechd
Kummd nachds hamm, brelld: »Fraa, miers schlechd!
Iiech hoff, iiech mouss nedd nu bedoonen
Ess sinn moll widder däi Dämoonen!«
»Ner wall halld aa!« sachd dou sei Fraa
»Drimm in der Werddschaffd, alser naa
Hassd widder gsuffn, bis dreiverddll
Middsammd demm Karramasoff-Gschwerrddll!«

Brannndnburcher Konzerrd
(unnummerrierd)

Deo Fonndane woor scho ellder
Der Dooch woor warm, der Ohmd woor kellder
Under am Birrnbaam woorer ghoggd
Dou merggder, wäi sei Diggdarm boggd
Di Huusn roo, er machd woss durch
Und gweer durch di Margg Brandnburch
Heerd mer sein Bfiff, sehr dinn und drissd
Dous zammzuggd, Freind, däi Effi Briesd!

Karrboodn-Bluus

Nu liengs im Schoß vom Dooch, di Berche
Nu blauderd mer fassd unbeschweerd
Nu henggd vo alle uubeachdedd
Der Knoblauch druggn ieberm Herd

Bloos uuaafhalldsamm reihn si Schdundn
Zur Demmrung annernander hie
Er Schdurmm kummd aaf, bfeiffd um di Heiser
Wäis Fallbaa felld di Schallosie

Nu schleffd im Herddsn der Karboodn
Sei Schloß, des mer nach ihm benannd
Der Groof, der wadd, bis endli dunggld
Und Nachd erschdiggd is arme Land

Und in di Greeber in der Eggn
Zeichd di Verwandschaffd ka Gedulld
Und reidd ind Nachd naus, bis zum Weggn
Blassbleich, ober rechd goud erhulld

Des Schulldsn Dochder gäid indessn
vom Schbinnrood ihrer Dande hamm
In Rood vom Vadder hadds vergessn
»Sei immer scho bei Dooch derhamm!«

Ka Schdern hadd gleichd, ka Monnd hadd gschiener
Aaf amoll ass der Nachd a Moo
Midd dungglm Manndl, diesdrer Miener
Schdedd vuur ihr dodd und schauds bläid oo

»Ner, Jinggferler, ann Blausch in Ehren«
Su hadder hämisch glachd, der Groof
»Genggd zou, denn kennder nedd verwehrn!«
Gands Drannssilwaanjenn lichd im Schloof

Zwaa Schridd weichds zrigg, saudumm a Mauer
Hemmd schdaanern ihrer Baaner Laaf
Unabbeddidli, gellbe Hauer
Said Joorn nedd buddsd, si leichdn aaf

Scho drobffd der Geifer aaf ihrn Naggn
Sei Leffzn zäing si, gaal nach Bloud
Sei Kieferglengg, scho heerd siss gnaggn
Ner ja, denggds, besser wäi der Doud

Doch bleddsli, su als wärs a Wunder
Er daumld zrigg, ringgd willd nach Luffd
Ass ihrer Goschn schdreichd a gssunder
Obber a schdrenger Knoblauchduft

Er rennd dervoo, der Huusnscheißer
Di Sunner kummd, der Morng, er graud
Und seiddeem wedd vuur alle Heiser
Wäi willd der Knoblauch bflanndsd und baud.

Verleecher-Bluus
(Fiern Dreuheids Norrberrd)

Zu Leibzich doumolls, aaf der Messe
Dou hadd mern gseeng, in Hermann Hesse
Zammgschdelld wäi a bäiser Finger
»Edds fengder langsam oo zum schbinner!«
Su seiffzd der Suhrkamp, sei Verleecher
Sei Laafberschler, sei Debb, sei Neecher
»Seid Hermann am Siddadda schreibd
Hadder niggs anders mehr am Leib
Wäi des allde Boodeduch
Scho ball a Johr, mer merggds am Gruch
»Kumm zäich di um, edds sei su goud
Sunnsd, Hermann, gräichsd nu Saalverbood!«
»Fier diech nu immer SAHIB, Kerrll!
Bissd du di Sau, bin iiech di Berrll!
Edds helldsd dei Maul, mou meddidiern
Sunnsd konnsd erweng mei Hendschriffd schbiern!«
Der Suhrkamp seiffzd: »Es is di Hell
Hadd sinn Verleecher-Jahre!«
Und Hermann schnauzd kodds: »Hare!«
Und nu a »Rama« hindnnooch
Und des am langer Dunnersdooch
Zu Leibzich aaf der Meß
Werggli, ess woor a Schdreß!

Riwwer dieb, Maundn hei
(For Ike and Tina Turner)

Ess sachd der Örnessd Hemmingwäi:
»Iiech wenn dou an mein Fennssder schdäi
Und dou däi glanner Maundäins säih
Ou Looord, däi sinn vo jessderdäi!«
Scho kummd sei Fraa, sachd: »Örnie, nou!
Bliess nadd egäin se säim oulld Schou
Ei häid ju end juur facking snou
Abb on se Kiili-man-dscha-rou!«

Babel

Offd woorer vuller Zweiffll
Der Alleggsoondre Eiffll
Ob a an gräißern Schdurm
Wohl ieberschdend, sei Durm
Und durch die Rüüs und durch die Gossn
Dou isser wäi a Nerscher gschossn
Hadd beddlld: »Nedd su gschwind!
Bidde! Machd kann Wind!«

Sillendsium

Zur groussn Freid vo ville Schüler
Wurdds ummern Max Frisch schdill und Schdiller!

Weimarer Marginalien

Der Gööde, redd mer deidsch
Zum zilln woorns nedd, sei Reisch
»Schenk ei, däi bläide Hidds«
Sachder zum Schillers Fridds
»Däi machd an gscheidn Dorschd
Des Weimar is mer worschd!«
Dann homms derhergrööld, z'glaabn is schwer
Am Oofang laud, dann oddinär
Und jeder Hexameeder
Woor schärfer wäi Sallbeeder
Im Eggermoo, demm woors ganz beinlich
»Geheimrood, bidde!« sachder freindlich
»Er bissler leiser, falls des gedd!«
»Woss willdss nern du, du allder Debb?«
Su hadder brelld, der Goode
Im Gsichd di Schamesrööde
Däi is nern houchgschdieng, ouerlou
In goudn, alldn Eggermoo
»Di Scham der Frau« homms allzwaa brelld
»Des is doch, woss uns alle gfelld!«
Der Eggermoo hadd si schennierd
Und droddsdem hadders aafnoddierd
Verschwieng hadder a Baggadelln:
Di Nachd in der Ausnichdrungszelln.

Nibelungen-Lied (Koddsfassung)

Ersder Daal:
Als Kind scho hadd der finsdre Hoong
An Sechser ghabbd gladd im Bedroong

Zweider Daal:
Zum Gunder sachd der Gieslher:
»Heid felld mers Biesln widder schwer!«
Der Gunder maand: »Saudummer Bou!
Is neggsdmoll dousd dei Rissdung roo!«

Dridder Daal:
Di Grimmhilld sachd zum Eddsl:
»Heid nachd, Moo, gibbdds a Gmeddsl!«
Und Gieslher, der sachd zum Gunder:
»Alls leffd erweng denn Bach dou nunder!«

Die Fußball-Bundesliga gesehen durch das zwielichtige Prisma der klassischen deutschen Literatur

Zum Lessing sachd der Herder:
»Massder werdd heier Werder!«
Der Lessing maand bloos: »Schau
Des werdd der HSV!«
Vull Woud schreid Ludwig Thoma:
»Aafn Siechbedd lichds, mei Oma
Und droddsdeem werdd siss feiern
Di Massderschaffd der Bayern!«
Blass im Gsichd, wäi Wachs
Melld si der Hans Sachs
»Bass auf, du dummer Bubb
Der Ersde werdd der Glubb«!
Scho kummd der allde Gööde:
»Ja, soochds moll, seid ihr blöde?
Iiech schweers: Bei meinem »Fauste«
Di Eindrachd werds und Schnauze!«
»Des is a schlechder Widds!«
Schreid dou der Schillers Fridds
»Su woori dou edds schdäi:
Iiech sooch bloos VFB!«
Und Theodor Fontane
Er helld er ganzer glanne
Fohner drissd emboor
Wall Herdda abgschdieng woor
End Shakespeare hi sess kuul:
»Se Kabb gedds Liwwerbuul!«
Dou brelld der Armin Harry:
»Langsam werdds a Gschmarri!«

Fiern Max Schmeling

»Finff Finger«, sachd der Gööde
»Däi billdn…, kumm nedd draaf
Schengg ei!« sachder zur Greede
»Fier heid, dou gibbis aaf!«
»Herr Rood, Herr Rood, iiech konns Eich soong
Des Wodd« und scho woors raus
Ess is gladd wäi der Blidds eigschloong
Seengs: Su endschdannd der »Fausd«.

Offne Froong I

»Däi Sindfluud kummd, woss is, ihr Viecher?
Edds obber her dou, und zwoor glei!«
Su hadder brelld, der allde Noah
Und alle sinns ind Archn nei
Alle sinns grennd, sinns grabbld, oogfluung
Obber woss woor – mer was niggs Gwieß
A in der Biebl schdedd niggs drieber
Woss woor nern edds midd denner Fiesch?

Meuchel, meuchel

»Is Faß is vull! Edds langds mer! Schluß!«
Su brelld der Cäsar, Julius
»Mei Fingerneechl sinn vull Dreeg
Wou is mei Messer, ess is wech!«
Der Bruuduss grinsd, er hadds nern gschiggd
Heimli ass der Doocha zwiggd.

Nero

Haaß woors im Rissdorande
Als Rom er bissler brannde.

Ante portas

»Im Schloofzimmer, sugoor im Bedd!
Naa, Hanni, naa! Su gedd des nedd
Aaf hunderd Meeder, vo der Weidn
Dou räichd mers scho, iiech laß mi scheidn!
Alls schdinggd nach Ellefandn-Schdall!«
Hadds gsachd, däi Fraa vom Hanniball.

Wäis woor, beim Zoor

Di Deicha schweichd, nachds um halbzwaa
A Ruß, der schlechd erweng sei Fraa
Di Wolcha wallld, di Nachd is kalld
A Schdiggler weider hadds kodds gnalld
Di Deicha schweichd, der Morng, er graud
Woss Rouds schbriddsd raus dou ass der Haud
Is Bloud? Is Woddka? Schau, es langd
Vom Schmerdds halbbläid a Sekundand
Zur Ballalaika, Neebl schdeichd
Der Ruubl rolld, di Deicha schweichd.

Im Middlallder woor
Er druggn, der Humor

»Mein Huufnarr her! Hobb dalli, Gnabb!«
Der Gnabb verbeichd si und rauschd ab
Der Narr, er kummd und kaschberd, zeichd
Wosser su konn, der Keenich schweichd
Grimassn, Borddslbeim und Widds
Däi reissd der Narr, bloos nedd vom Sidds
Reissd des in Keenich; bleddsli: Zack!
Brichd si der Narr erweng is Gnack
Und schdirbbd kodds draaf, nu in der Nachd
Grangg hadd si dou der Keenich glachd!

Fiern Bjeer Briess

Ess jauld der Kojoode, ess lachd der Schakool
Und vo weidn, midd Mellangkollie
Deend ab und zou selldsam und addonnool
A Rechln und Hechln vom Madderbfohl
Kodds: ’s werdd Nachd dou, in der Brärrie.

Der Schdebbnwolf mauld und a Hinderhalld
Er lauerd und luurd und er wadd
Is kodds vuur dreiverddl odder ersd hallb?
Goud abghengd drebbfflld woss roo vo am Skallb
Is Brärrie-Leebn, manchmoll is hadd.

Er Brärrie-Hoos, der mimmlld, a Mussdang, der schnaubd
Di Nachd verschluggd denn, der moll muß
Blass wäi der Monnd glennsd er bleichgsichdichs Haubd
Di Zeid is reif, edds werdder abgschraubd
Der Feierwasserverschluß.

Und die Zeid zäichd si zäh und monnodoon
Drummld die Drumml: »Damm-Damm«
Und a Kuubff ohne Skallb, er bassd Doon in Doon
In die morchnreedliche Imbressjoon
Und brauchd niemolls widder an Kamm.

A Bison mufflld, er Schdinggdier, es schdinggd
Und diddo a Mokassin
Und anner schreid: »Wou woor mei Indschdinggd?
Däi roude Dreegsau, si hadd mi glinggd
Hadd kanner a Assbirin?!«

Olld Schedderhend wimmerd und Winneddu lachd:
»Jede Freindschaffd gäid amoll vuurbei!«
Und im Willdn Wessdn, dou machds ganz kodds »Gnagg«
Hadd wäi is Leebn is a Dommahagg
A des verschwiech uns Karl May!

Niemolls mehr allaa

Gnadenlos

Neili kummi schbeed hamm
Wäis manchmoll su gedd
Mach di Dier aaf und sich
An Kerl in meim Bedd
Iiech dengg: Max, bleib ruich
Bloos ka Drara
Vielleichd willer bloos reedn
Midd deiner Fraa
Er woor drei Kebbff gräißer
Und dobblldd su braad
Wäi iiech und er grinsd
Und zwoor rabiad
Lauder Mussggln sei Bauch
Sei Schullldern, sei Erm
Dou baggd mi di Woud
Und iiech bagg sein Scherm
Und zerbrech nern, su is halld
Mei Demmberramend
»So!« hobbi gsachd
»Und edds hoffi, dass renggd!«

Bukolisches

A Schäfer helld sei Schäferschdund
Nedd selldn midd seim Schäferhund
Und is der Hund nedd broov
Dann dreibders midd di Schoof!

Hochzeidsdooch

Sohn: Mamma! Wou sinnern mei Schdrimbff?

Mutter: Ner dou aafn Bedd, Buubi.

Sohn: Wou is nern is Bedd, Mamma?

Mutter: Hobbder wohl gesdern er bissler arch neiboll-derd, Buubi?

Sohn: Gimmer zwaa Allkasellzer, Mamma!

Mutter: Iiech hobb der doch scho achdzeh Schdigg gehm, Buubi. Maansd nedd, daß des langsam erweng zvill werdd?

Sohn: Wou di Allkasellzer sinn, hobberdi gfroochd!

Mutter: Im Bood, Buubi, iiech hobb der scho erwall zwaa aafgleesd in deim Zohbecher.

Sohn: Wou is nern is Bood, Mamma?

Mutter: Kumm, Heinzi, iiech fier di.

Die Mutter führt ihren Sohn hinter die Bühne, und man vernimmt laute Erbrechungsgeräusche. Beide – Sohn auf Mutter gestützt – betreten wieder die Bühne.

Mutter: Warum moussd nern no a heirerddn?

Sohn: Allmechd, is mier schlechd!

Mutter: Zehn an jeedm Finger hessd hoobn kenner, obber na!

Sohn: Iiech hobb zehn an jeedn Finger g'habbd, Mamma.

Mutter: Ner also, warum moussd nern no dou edds uubedinggd heirerddn?

Sohn: Iiech bin simmerverdzgg, Mamma!

Mutter: Des is doch ka Allder! Buubi!

Sohn: Allmechd, is mier schlechd!

Mutter: Wassd woss, Buubi? Mier ruufn edds an Doggder oo, der schreibdi erweng krank, und dann lass mers bladdsn, däi ganze, bläide Hochzeid!

Sohn: Des konni der Brigidde nedd oodou!

Mutter: Brigidde! Brigidde! Iiech heer immer bloos Brigidde! Und an dei Mamma denksd wohl goor nedd?

Sohn: Allmechd, is mier schlechd!

Mutter: Buubi, iiech sooch der anns: Dei Mamma – und dou konn bassiern, woss will – dei Mamma, däi werdd immer fier diech dou sei!

Sohn: Allmechd, is mier schlechd!

Brigitte betritt im Hintergrund die Bühne.

Braut: Und, Heinzi? Hassd dein Zibfflrausch ausgschloofn?

Mutter: Denners fei nedd su oddinär derherriedn, gell!

Braut: Obber Mamma! Mier homm doch gessdern ohmd Briederschaffd middnander drunkn. Warum saggsd nern nedd Brigidde zu mier?

Mutter: Dou wassi nix mehr dervoo!

Sohn: Allmechd, is mier schlechd!

Braut: Edds kumm, Mamma, edds werdd zerrssd ermoll g'heirrerrd, und dernooch werrn mier drei uns scho zammraffn, nedd?

Mutter: Si sinn edds ermoll ganz ruich! Buubi, wäi gedds der denn?

Sohn stürzt in den Hintergrund – abermalig Erbrechungsgeräusche.

Mutter: Und su a bsuffne Sau wolln Sie heirerdn!?

Braut: Ner ja?

Mutter: Kummers, kummers, gengers ner mied! Schaung ser Si däi Sauerei ner ermoll vo der Näh oo!

Beide entfernen sich von der Bühne, um den Bräutigam im Bad aufzusuchen.

Mutter: Ner seeng Siss edds? Homm Siss edds gseeng, sei woors Gsichd?

Braut: Allmechd! Er suurer Saubär! Iiech laß mi scheidn!

Mutter: Ner also!

Der Flöörd

Fränkisches Wirtshaus. Drei Männer in mittleren Jahren (A, B, C) sitzen gelangweilt am Stammtisch, als sich gegenüber eine bildhübsche junge Dame (F) niederläßt. Nach längerem Getuschel:

A: Edds drau di halld, du Feichling!

B: Dann gäi halld du!

C: Hobb, loos mers aus!

Sie ziehen der Reihe nach Streichhölzer, und A zieht das kürzeste.

B: Alser, hobb, reissdi zamm, dou is doch niggs derbei!

A: Du reedsdi leichd!

C: Ausgloosd is ausgloosd!

A: Warum iiech! Warum ausgrechnd iiech? Woui doch scho doumolls im Kindergaddn immer der Schichdernsde woor! Iiech drau mi nedd!

B: Edds mach halld dou ka Deooder, Kuddler, gell!

C: Ausgloosd is ausgloosd!

A: Wäri ner bloos derhamm bliebn heid ohmd! Wäri ner bloos derhamm bliebn!

B: Herrschaffdseidn! Edds reiß di halld ermoll erweng am Riemer! Wäi bissd nern du ieberhabbds zu deinerer Fraa kummer, häärr? Des deed mi scho moll inderressiern!

A: Ner ja, doumolls im Kindergaddn, dou hommer uns kennerglernd.

C: Werdd! An dobblldn Zweddschger! Denn schderddsd edds schnell nei und dann gäisd nieber! Ausgloosd is ausgloosd!

A: Werdd! An dreifachn!

Das bestellte Zwetschgenwasser kommt, und A kippt es in einem Zug hinunter.

A: Gäi Heinzi, kumm, gäi halld du! Du hassd doch fräiers scho immer an jeedm Finger zehn g'habbd!

B: Fier miech wär des a di leichdessde Iebung, obber …

C: Ausgloosd is ausgloosd!

A leert in einem verzweifelt-resignativem Zug sein noch fast volles Bierglas, rülpst melancholisch und erhebt sich schließlich schicksalsergeben.

B: Ner alser! Zeid is worrn. Edds gäi scher nieber. Woss is nern dou scho derbei, nedd wohr, Manni?

C: Ausgloosd is ausgloosd!

A rafft seine letzten Energien zusammen und schlendert hölzern zum Nachbartisch.

A: Entschuldichns, Frollein, obber mei Freind homm gmaand …

F: Ja, bitte?

A: Endschulldichns bidde, wenn iiech Sie su eifach ooschbrech, obber mei Freind homm halld gmaand…

Vom Stammtisch ermunternd:

B: Edds gadds halld nedd su rum dou, Hanni! Der leddsde Mensch, werggli woor!

C: Ausgloosd is ausgloosd!

A: Ja, wissens, mei Freind homm halld gmaand …

F: Bitte?

A: Alser, mei Freind homm halld gmaand, iiech soll Sie froong, obb Sie ewwenduell …

F: Ja?

A: Obb Sie villeichd an Schoofkubff schbilln kenner?

Fiern Siggmund

Er: Heid nachd hadds mer draamd, dassi a Sulldan gween wär. Iiech woor im Gaddn gleeng, däi Sunner hadd gschiener, a boor Sklaavn hommi oogfecherd, a kallds Mässler Bier woor am Rand vo meim marmorner Schwimmbasseng gschdandn …

Sie: Wennsd a Sulldan woorsd, dann woorsd a Moslemm, und däi derffn kann Alkohol dringgn. Obber dou sichd mer ermoll widder, woss du fier a Billdung hasd.

Er: Woor des edds mei Draam odder deiner, häärr? Jedenfalls iiech lich su dou, dringg mei Mässler und bleddsli merggi, wäi si under meim Kaffdan, meim seidner, er bissler woss rierd.

Sie: Dess glaabi, dass des bloos drammd hassd.

Er: Soller der edds mein Draam goor derzilln odder nedd? Alser, iiech schdell mei Mässler wech, gladdsch zwaamoll gands leichd middi Hend, und scho daald si der Berlnvuurhang vuur meine Haremsgemächer und …

Sie: An Harem hadder g'habbd, der gands ander, an Harem! Dassi fei nedd lach! Du und an Harem! Ausgrechnd! Des is ja is gleiche, wäi wemmer an Wechedarier in di Worschdfabrigg schiggd!

Er: Dou fei nu erweng bläid derherreedn, gell! Alser: Iiech gladdsch ind Händ, der Berlnvuurhang daald si, und in am durchsichdin Gaseglaadler kummsd du derheer drammbld.

Sie (geschmeichelt): Gäi zou! Und nacherdler?

Er: Niggs nacherdler! Aafgwachd binni, vuur Schregg!

Wäi woors fräiers schäi
Ohne CD

»Dreh di um, mach mers numml
Iiech konns kaum derwaddn!«
Hadder gsachd, der Saffier
Zur Langschbillbladdn.

Offne Froong II

Wenn dei Fraa niggs midd dier redd
Eingdli sollersd diech dou froong
Wenns ka Wodd mer midd dier schbrichd
Villeichd wills dermied woss soong?

Neili in der Oddo-Schdraß

A: Soongs ermoll, Her Nachberr, däi Boorhogger dou, warum sinnern däi alle nummerierd?

B: Ner ja, des is erssuu: Der Boorkiieber drehd alle hallbe Schdund dou hindn an seim Sex-Rulledd, und wenn däi Nummer kummd, vo demm Hogger, aaf demmer draafhoggd, derff mer hinder ins Sebbarree, zu anner Sex-Orchie!

A: Edds heerns halld aaf! Glasse!! Und? Wäi leffds?

B: Beschissn, mei Zohl kummd und kummd nedd droo!

A: Wäi lang waddns ner scho?

B: Finff Schdund!

A: Jajajajaja, wenn ermoll niggs leffd, dann leffd halld niggs, dou kommer niggs machn. Gengers halld hamm und kummers morng widder.

B: Des hobber mer a scho iieberleechd, obber iiech wadd nu aaf mei Verloobde, däi is eddserd scho is sibbdemoll hindn!

Duddsnddeich-Bluus

Sie: Gessdern ohmd, woussd widder in deim Werddshaus woorsd, deim bläidn, hobber mer an Schbeedfilm oogschaud um hallberelffer. In »Undergang der Diddanigg«. Du, des woor der villeichd a Uugligg!

Er: Des konnsd laud soong! Obber dou sichsders moll widder, däi Englennder! Zersd grouß is Maul aafreißn, vo weeng uusinkboor und su, und dann: Bfleddsch! Hähähärr, und scho sinns boodn ganger!

Sie: Und dou lachsd du nu drieber? Dassdi fei nedd scheemsd!

Er: Midd am deidschn Schiff wär des nedd bassierd!

Sie: Naddierli! Naddierli!! Der Herr Schiffsbauinschennjeer berseenli! Mer kennd grood maaner, du hessd a eichne Werffd drundn in deim Hobbikeller!

Er: Warum moussd nern du immer glei berseenlich werrn, sooch mer des ermoll, Elffi?

Sie: Obber fier a Werffd wär ja dou goor ka Bladds mehr, vuur lauder Bierflaschn, lauder leergsuffne!

Er: Iioch hobb mi freiwillich gmelld doumolls, zur Marine!

Sie: Und? Und, wou bissd nern hiekummer? Zu di Banzergrennadiere! Ner däi werrn ihr Freid ghabbd hoobn! Du konnsd doch heid nonnedd richdi schwimmer, häichsdns im Rausch, in deinerer Bierlachn!

Er: Und? Wer haddin fräiers rumgruuderd am Duddsdnddeich drassn, häärr? Des hadd der Madamm scho gfalln, wenns ihrn eichner Galeernsklaavn g'habbd hadd, nedd?!

Sie: Ja fraali, gloor! Du leedsd uns ei zu anner Boodsbaddi, di Babbedd und miech, und mier heddn di wohl nu rumkuddschiern solln?

Er: Welche Babbedd?

Sie: Di Breidingsfelders Babbedd, edds hassds Kullmann, glaabi – a Gedechdnis hassd du! Des woor kodds bevuur mer uns verlobbd homm.

Er: Ou, erinner mi nedd!

Sie: Gäi zou! Di Babbedd, dei »Grouße Liebe«, an di konnsd di edds nimmer erinnern?

Er: Kumm, Elffi, des is doch scho su lang her.

Sie: Edds konner si nimmer droo erinnern, der ganz ander! Obber iiech! Iiech kommi obber sehr wohl nu dro erinnern! Wassders nimmer, wäi di Babbedd zu dir gsachd hadd: »Wenn des Bood edds sinkn deed, Heinz, und mier fallerdn alle ins Wasser nei, wen deesd nern dou zersd reddn? Miech odder di Ellfriede?«

Er: Und? Woss hobbin dann gsachd?

Sie: Miech selber, hassd gsachd!

Er: Hähähäärr! Su langsam kummds mer!

Sie: Dou woors aus, midder Babbedd! Und iiech Debberler hobbdi g'heirerrd!

Hochzeidsnachd

Er (erregt): Gäi her, Rosswidda, iiech helf der erweng ass deim Braudglaad raus.

Sie: Edds bass halld aaf, du Dolldi!
Und zerr dou nedd su rum dou!
Villeichd brauchis nummol!

Sensibel

Dei Selbsdmoddversuche
Ellffi, gäi zou
Edds schau der moll bloos
Däi Gasrechnung oo!

Fiern Michael A. Roth

»Heinz, du werrsd doch wohl nedd scho widder aafn neier Sofa siddsn!«

»Gäi Ellffi, wäi kummsd nern dou draaf!? Iiech hogg am Buudn!«

»Scha bloos, dassd in Dobbich zriggschlechsd!«

Demmosskobbie

»Du Heinz, heid fräih woor anner dou, vom Meinungsfoschungsinschdidudd! Woss der alles wissn wolld, konner der soong!
Wäio offd du dei Underhuusn wechsln deesd im Moonerd? Wäivill moll dassd ins Werddshaus gäisd in der Wochn? Wäi offd dassd bsuffn hammkummsd? Wäi offd dassd nu an houchgräichsd …«

»Und des woor alles in demm seim Froochebuung gschdandn?!«

»Naa, des nedd. Obber goud underhalldn hommer uns halld!«

Vuurm Doud kummd is Leebn
Und des is is Brobleem

Di Leich

Ruudds und Wasser hommer griener, aafn
Haddmanns Schorsch seinerer Beerdichung
Obber des woor mern a schulldi, in Schorsch!
Verzgg Johr lang woorer Verdreeder, fier
Demmbo-Daschndicher!

Fiern Söör Eisagg Njuudn

Fellsd vom achdn Schdoggwergg roo
Und brichsd erweng is Gnigg
Lernsd neebnbei ans der wichdiggsdn
Gseddse der Fissigg!

Brerrie-Bluus

Im Saddl is einsam
Dou in der Brerrie!
Hadder gsachd, der Dschonn Wäin
Wall sei Gaul, der woor hie.

Für den deutschen Dermatologen-Verband

Obb Dullbbn, Nellggn
Herbsdzeidlose
Am schennsdn bläid
Di Gerddlrose!

Wer find scho sei Gligg
Im Baa-zi-figg

In der Siedsee gibbds kann Hoochl
Gibbds kann Schneereeng, dous nedd gladd
Walls nedd friern doud in der Siedsee
Sichd mer kann, der Hendscher hadd
Mer find kann midd Winderschdieffl
Mer find kann midd Annoragg
Beim Abfaddsrenner brichd si kanner
In der Siedsee kodds is Gnagg
Bloos si hadd halld a ihr Diggn
Däi schäine Siedsee, des is gloor
Hullsder dou a Summergribbn
Si zäichd si hie, is ganze Johr!

Di Widdwe

»Alsär, damidds ders wassd, wenni ermoll hie bin, dann lasser mi verbrenner. Gremmadorjumm! Aus und feddi.«

»Dess is widder dibbisch! Wouer mi su goud machn deed in Schwadds, vuur deim offner Groob.«

Nedd jeeds Lokool, des heerd mer gern
Gräichd vom Mischlöö suffodd an Schdern

»Herr Ober! In meim Gulasch schwimmd a Heergereed!«

»Häär?«

Im Waddezimmer

A: Und, Herr Nachber? Wecher woss sinnern nou Sie dou, wemmer froong derff?

B: Iiech glaab, iiech hobb Gallnschdaaner.

C: Wenns weider niggs is.

A: Gallnschdaaner? Des hadd meinerer Schweecheri ihr Buddsfraa a scho ghabbd. Ieberhabbdds ka Brobbleem.

D: Und wecher suwoss genger Sie zum Doggder?

B: Ner Sie machn mer villeichd Schbass! Iiech hobb gessdern Nachd a Kooligg g'habbd! A Kooligg!

A: Edds bummbn ser Sie fei dou nedd su aaf, gell! Wecher anner glanner Kooligg.

C: Zehn Kooliggn deedi eidauschn gecher mei …

D: Wecher su anner bissler Kooligg rennd mer doch nedd glei zum Doggder!

B: Edds machns fei hallblang gell, iiech hobb mi gwundn heid nachd vuur Schmerddsn!

A: Gengers zou, nach der verddn, finffdn Kooligg hadd mer si fassd scho droo gweend.

C: Suffodd deedis eidauschn däi Kooligg gecher mei …

D: Ja maaner Sie villeichd, Sie sinn der ersd, der ermoll a bissler a Kooligg ghabbd hadd, häärr?

B: In Noodoordsd hobbi ooruufn mäin, gessdern nachd.

A: Hobbder des gheerd? In Noodoordsd hadder oogruufn, der ganz ander, in Noodoordsd!

C: Zwanzgg Kooliggn deedi suffodd nemmer, wenn Sie derfier mei …

D: Ja glaabn Sie villeichd, der Noodoordsd hadd niggs anders zum dou, als wecherer Ihrer bissler Kooligg nachds ummernander zu fohrn, häärr?

A: Währnd a andrer villeichd im Schderbn lichd!

D: Uuverandwoddli is des! Uuverandwoddli!

B: Ja woss heddi denn machn solln, iiech hobb mi doch iieberhabbdds nimmer riehrn kenner vuur Schmerddsn!

A: Dellefoniern homms obber nu kenner, ja?

C: Gecher a Kooligg, wou mer nu dellefoniern konn, deedis suffodd eidauschn, mei …

D: Di a Hend am Dellefon, in der andern woorscheinli di Schammbannjerflaschn!

A: Ooglehnd ans kallde Biffee!

B: Mei Fraa hadd oogruufn!

A: So, a Fraa homms aa!

D: Fier woss homms nern dou in Noodoordsd ooruufn mäin, wenns a Fraa derhamm homm, häärr? Unverandwoddli is des, unverandwoddli!

A: Und edds hoggns dou gwiedschfideel rum, im Waddezimmer. Homms iiberhabbdds nu Schmerddsn?

B: Ner ja, im Mommend gäids widder erweng, ess zäichd bloos nu leichd, obber …

C: Hobbders gheerd? Ess gäid widder hadder gsachd! Alser sufodd deed iiech dauschn …

S: Der Nächste bitte!

A: Ner ja, Sie woorn der Erssde. Dann gengers no nei, des werddder glei hoobn, der Doggder Schmidt.

C: Ja, ja, der Doggder Schmidt! A gouder Doggder, werrggli woor, bloos mimm Schneidn hadders halld erweng! Obber droddsdeem, dauschn deed iiech aaf der Schdell …

D: Demm mou mer ohmds gladd sei Skallbell verschdeggn, mou mer demm!

A: Jajaja, der Doggder Schmidt! »Ambuddier-Schmidt« nennerns nern, sei Kolleeng!

D: Bei mier hadder domolls di Narkoosn goor nimmer richdi abgwadd, su hadds nern gjuggd, sei Skallbell-Hend!

C: Obber droddsdeem, suffodd deed iiech dauschn … Ja, ja, wou gengers denn hie?

B: Herrschaffdseidn, edds hobbi doch gladd mein Granggnschein derhamm lieng loun! Iiech bin glei widder dou.

A: So, denn wär mer lous, denn Vuurdrengler, denn nooserweisn!

D: Wouss nern iiberhabbdds der Haddmanns Schorsch heid? Der werdd doch am End wohl nedd grangg worrn sei?

A: Des wolln mer nedd hoffn! Und, woss machds nern su, dei Furrunggll?

D: Ner ja, er bissler juggdds halld nu.

A: Genau wäi mei Hemmorriddn.

C: Alser, iiech deeds suffodd eidauschn, gecher mei Hiehnerauch!

Im Groo-Hoddel

»Des Zimmer!« hobbi brelld
»Des is vill zu glaa!
Fier vierhunderd Margg!
Alser naa, alser naa!«
Zersd hobbi gschrier
Und dann randalierd
Zu achd homms mi dann
Assn Aafzuuch rausgfierd.

Flasche leer

Der Scheedl koohl
Und gladd rasierd
Und wenn di Sunner scheind
Dou schbierd
Der Huuligenn
Am Kuubff di Hidds
Bloos dromm im Hirn
Dou schbierder
Niggs.

Oh Vaterland!

Fuchzehunderd Landser-Heffdler hadder g'habbd
   der Hanni
Und dann homms nern uudauchli gschriebn
   bei der Mussderung
Su zichd mer Schbione!

Neili in der Leichnhall

»Schdenners aaf!« sachd der Doggder
»Si sinn nedd aaf Kur!
Ihr Bullдds is nedd schdehbliebn
Des woor bloos mei Uhr!«

Ophtalmologie

Aaf alle Vier sichi an
An der Benggerdds woors drund
Zersd hobbi scho gmaand
Ess wär bloos a Hund
Dou sichi an grabbln
Iiech frooch wosser machd
Sei Brilln deeder soung
Hadder mer gsachd
Wouers verluurn hadd
Hobbin dann gfroochd
Am Duddsnddeich drassn
Su hadder gloochd
Und dou suchsds an der Benggerdds?
Wäi a Sau hobbi glachd
Dou sichd mer moll widder
Hadder dann gsachd
Wass Godd, ess is woor
Wos alle derzilln:
Mers wergglli a Debb
Ohne sei Brilln!

It's a hard and heavy road

Zwölf Bier und achdzäih Schnebbs
Hadder g'habbd, der Heinzä
Bevuurer si anns Schdeier ghoggd hadd
Waller heid nachd nu nach Flensburch mäissd
Hadder gsachd!

Beim Booder

Gräiß Godd, der Herr, hoggns begweem?
An Messerschnidd? Ner ka Brobbleem
An werggli koddsn, kodds aaf kodds
Su kodds, wenn anner kodds draaf schboddsd
Des widder abdrobbffd und zwoor schnell
Seeng siss? Dou lichds scho, mei Skallbell
Vom leddsdn Kundn is nu roud
Iiech hoff, 's gedd der Gemohlin goud?
Ja, ja, di Weiber, 's is a Gfredd
Alld werrns vo selber, jung bleibns nedd
Ner ja, vielleichd hillfd Sillikoon
Wäi wärs nern midd am Halb-Fassoon?
Nedd reedn, heerns, wall mei Beschdegg
Saumäßi scharf is, und schnell wech
Is dou a Ohr, dou hilffd ka Kidd
Is Riessiggo beim Messerschnidd
Beim Messerschnidd is Riessiggo
Woss wass a Laie scho dervoo
Allaa däi leddsdn verddse Dooch
Si geeberdn an scheener Schlooch
Vom »Ohr-Ragguu«. Si sinn su bleich
Und ziddern scho, dou is nedd leichd
Derbei is Messer grood zu fiehrn
Zum Droossd gsachd, mer solls fassd nedd schbiern
Am Oofang, wenner, soong mer halb
Vom Kuubff abgscheeld is droobn, der Skalb

A koddser Rugg, und scho is gscheeng
Ganz under uns, schäi oozuseeng
Is nedd grood, iiech konns nedd beschdreidn
Su hadd halld Lichd- und Schaddnseidn
Jeder Beruf, des is doch gloor
Si ziddern ja, er suurer Woor!
Je gnorbblicher, daß is di Kehln
Je weenicher kommers verfehln
Und wäi durch Budder gäids dou durch
Mei Wunschberuf, des woor Schirurch
Woss schbringers aaf, edds gengers zou!
Edds lassns halld mein Umhang dou
Glaab, langsam werdd des Sidde
Des woor heid scho der Dridde!

Mei Vadder is mei bester Freind (Neue Folchen)

Beddagochigg

»Wer brelld nern dou rum wäi a oogschdochner Schdier?«
»Des is bloos mei Ooba, dou hinder der Dier
Dernooch brauchder widder sein Balldrian
Er ergleerd grood meim Babba mei Hausaufgaam.«

Assdronnomie

»Du Mamma, derffer mer däi Sunnerfinnsderniss ooschaung, heid Nammidooch?«
»Meindweeng Bou, obber gäi nedd widder su na hie!«

Dolleranz

V: Dou gäi heer, Kudd, nimm an Schlugg Bier, dassd woss werrsd!

M: Fraali! Fill nern no ab, unsern Boum, hassd scho rechd! Damidder a ermoll suurer Allkoholligger werdd wäi du!

V: Allkoholligger? Dassi fei nedd lach! A Schlugg Bier hadd nu niemand woss gschadd!

M: Edds heersd obber aaf, gell! Der Kuddler gäid ersd in di zweide Glass und du willsd nern eddserd scho sei Gehirrnzelln zerschdeern! Saufkuubff, ellendicher!

V: Gäi zou, edds sinn doch Ferien.

Mei Vadder midd di koddsn Baa

Vater: Nu amoll, Bou! Nu amoll wennsd mi ooläichsd! Dann fellder obber um, der Waadschnbaum, des konner der flissdern …

Sohn: Du Babba …

Vater: Edds reed iiech! Saugnobbern, ellendicher! Wer läichd, der …

Sohn: Du Babba …

Vater: Ja sooch ermoll, hassd du an Dreeg in di Ohrn, häärr? Edds reed iiech, hobbi gsachd! Wer läichd, der schdilld, wer schdilld, der …

Sohn: Du Babba, is Dellefoon schelld!

Vater: Woss is?

Sohn: Is Dellefoon hadd glingglld.

Vater: Iiech hobb niggs g'heerd. Läichsd mi wohl scho widder oo, häärr?!

Sohn: Horch halld hie, Babba!

Vater: Daadsechli! Ja, warum sachsd nern des nedd glei, du Banggerd, du gribblgrummer?

Sohn: Obber Babba …

Vater: Niggs obber! Dou nedd dauernd widderschbrechn! Nimm läiber moll den Heerer ab, und wenns fier miech is, sachsd, iiech bin nedd derhamm.

Neinzehunderdunddreierfuchzgg (Werrggli draaf gschissn Aafs Gwissn?)

Als ganz glanner Bou, Oofang der Fuchzgger Johr, simmer immer denne ammerikoonischn Banzer nochgrennd und homm gschrier: »Ammi Kaugummi, Ammi Kaugummi!«
Iiech wass nedd warum, obber vo di Neecher hobbi immer an gräichd. Immer vo di Neecher!
Beim erssdnmoll, des wassi nu su als wärs heid, hobbin drei Dooch lang kaud, denn Kaugummi!
Bis Sunndooch, dou hobbi dann in Kinndergoddesdinnssd gmäissd, am Sunndooch in der Fräih.
Und in der Kerch, glei wemmer neikummer is, am Eingang, dou
is er suurer Sammlbichsn gschdandn. Bloos, des woor ka Bichsn, sonndern des woor a Neecherkind.
Beziehungsweis der Kuubff vo am Neecherkind.
Und wemmer dou a Gelldschdiggler neigschmissn hadd, hadd des suffodd mimm Kuubff gwagglld, des Neecherkind.
Und dou hobbin dann neigschdeggd in des Glenk zwischn Gnack und Kuubff, mein Kaugummi.
Und aus woors mimm Niggn.
Su genger die Geng!
Goddseidangg hadd des der Maddin Ludder King nie derfoorn.

Fiern Bessdaloddsis Hanni

»Zum Bichsnmilch hulln«
Hobbi gsachd, »horch goud zou
Sugoor dou bissd zer bläid!«
Hobbi gsachd zu meim Bou
»Walllsd däi woorscheinli
A nu verschiddsd!«
Iiech wolld nern moddiwiern
Obber gholffn hadds niggs.

Dieschmaniern

»Wäi offd hobber der scho gsachd,
du sollsd beim Essn nedd immer
in deinerer bläidn Noosn rumbobbln!
Gäi ermoll in diech!«

Dreisadds

»Dei Vadder gedd vo Nermberch Richdung Beireid
Midd vier Killomeeder Schdundngschwindichkeid
Zwaa Schdund schbeeder gedd dei Onggl
– ers schneller – an Schdarrd
Sechs Killomeeder in der Schdund
Däi schaffder fassd gladd
Wann ser si dreffn, konnsd mer des soong?«
»Im neggsdn Werddshaus, Herr Lehrer
Dou braungs nedd vill froong!«

Mei Vadder und iiech
Woss braung mier in Griech

Sohn: Hassders gleesn, Babba? Der Messner und der Fuchs sinn quer durch di Andarggdiss gloffn!

Vater: Ner dann nemm der ner ruich a Beischbill, Bou!

Sohn: Z'fouss, Babba, alls zer Fouss! Kennsd du des a?

Vater: Selbsdverschdendli, Bou, selbsdverschdendli! Des wär mei leichdesde Iiebung!

Sohn: Naa, Babba! Iiech glaab, edds machsd erweng Schbrich!

Vater: Du zweiffldds am Wodd vo deim Babba!! Goud Bou, goud! Wennsd uubedinggd ka Daschngelld mer willsd, däi nechsdn vier Wochn, goud ...

Sohn: Obber Babba, iiech hobb doch bloos gmaand ...

Vater: Bloos gmaand! Bloos gmaand! Wassd du iieberhabbddssd, wäi schnell iiech fräiers di hunderd Meeder gloffn bin?

Sohn: Däi Andarggdiss is obber erweng lenger wäi hunderd Meeder!

Vater: Dou fei nu erweng bläid derheerreedn, gell! Schdaddblogg-Schorsch homms fräiers zu mier gsachd! Schdaddblogg-Schorsch! Walli raus bin ass däi Schdaddblegg domolls, wäi a oogschdochne Gazelln!

Sohn: Obber des kommer doch goor nedd vergleing mimm Messner und mimm Fuchs, wall ...

Vater: Woss kommer dou nedd vergleing, häärr!? Woss kommer dou nedd vergleing!? Des bissler Rumschbaddsiern dou aaf annerer briedscherbraadn Eisfleechn? Iiech wenn derbei gween wär, iiech hedd däi zwaa Dolldi nu am Buggl hammdroong!

Sohn: Gäi zou, Babba, däi sinn daalweis bei sibbzgg, achzzgg Grood under Null rumgschdiefflld ...

Vater: Ner und? Er bissler Kelld hadd nu niemand gschadd! Neili, im leddsn Winder, woui um hallberdreier nachds hammkummer bin, walli mein Schlissl verluurn g'habbd hobb und dei bläide Mamma däi Dier nedd aafgmachd hadd, bei der Hundskellddn, bei der verreggdn, maansd, des hedd mier woss ausgmachd, häärr?

Sohn: Di Mamma hadd obber gsachd, du hessd dein Zibbfflrausch in der Nachd in der Garooschn ausgschloofn und hessd di gschiddsd vuur derer Kelld midd deine finfferzwannzgg Johrgeng, vom Kicker-Sportmagazin!

Vater: Di Mamma, di Mamma! Däi sachd vill, wenn der Dooch lang is! Maansd, des woor a Sauna dou in der Garoosch?

Sohn: Obber Babba, der Fuchs und der Messner sinn jeedn Dooch mindesdens zwanzgg, dreissgg Killomeeder weid gloffn!

Vater: Wassd du iiberhabbddsd, wäi weids vo meiner Schdammwerrdschaffd in Kalchreid bis nach Ziechlschdaa is, häärr!?

Sohn: Ner ja, su uugefähr drei, vier Killomeeder.

Vater: Und? Und? Bissd des scho moll gloffn? Bissd des scho moll gloffn, middn in der dungglssdn Nachd, häärr?

Sohn: Naa, iiech mou doch scho immer um siebner ohmds derhamm sei!

Vater: Und midd Rechd, Bou! Midd Rechd!! Wennsd dou nachds durchn Wallld leffsd, Bou, dou is jeeder Baumschdamm dei Feind! Jeeder einzelne Baumschdamm, Bou, is dei berseenlicher Feind, dei berseenlicher! Und vom Underholz wollmer ja goor nedd reedn!

Sohn: Obber dou gibbds do a assfalldierde Schdrassn, Babba.

Vater: Fraali gibbdds däi, obber a allder Bfaadfinder wäi iiech, der brauchd ka assfalldierde Schdraß! Iiech hobb mer mein Weech scho gsouchd, middn durchs Dickichd!

Sohn: Woor des däi Nachd, Babba, wou di am nechsdn Dooch di Bollidsei hammgfohrn hadd und du hassd däi Oozeich gräichd wecher Abschelln von Roodwilld in heimdiggischer Absichd ass annerer Fuddergribbn raus?

Vater: Gäi zou, Bou, däi alldn Gschichdn, häärr, häärr! Wer si nedd wehrd, lebbd verkehrd!

Sohn: Obber der Messner und der Fuchs sinn werggli 5000 Killomeeder quer durch di Andarggdiss gloffn, Babba! Des is doch a Leisdung, odder nedd?

Vater: Okäi, vo mier aus! Ab und zou schbringer er boor junge Hubbffer a iieber ihrn eichner Schaddn. Ner und, woss solls?

Sohn: Gell, Babba, des moussd ooerkenner, däi homm scho woss gleissd, der Messner und der Fuchs!

Vater: Ner ja, aaf ihrm Oorsch sinns jeednfalls nedd hoggnbliebn.

Sohn: Und durchdreenierd woorns, Babba, durchdreenierd!

Vater: Su wäi iiech halld!

Sohn: Werggli, Babba?

Vater: Ner wenner ders sooch, Bou! Kumm gäi ermoll her, dou Bou! Dou, dou hassd an Zwanzgger, und edds schbringssd ermoll schnell nieber in däi Werrddschafd und hullsd deim Babba finff Heefe-Weizn!

Boddburri

Eggsissdendsjoolfillosoffie

Di Welld is wäi a Karrussell
Wennsd bsuffn bissd, drehd ser si schnell
Bissd obber nichdern, will di Welld
Fier jede Fardd
A Eindriddsgelld!

Ass der groussn Zeid der deidschn Seeglschulschiffadd

Kapitän zum Mastkorb hinaufschreiend:
»Brell nedd dauernd: Land in Sichd
Sulang is Schiff im Hoofn lichd!

Allechorie

A Berch is
Fierer Wollggn
Iiech hoff
Sie kenner mer follggn
Is sellbe
Wäi weider drund
A Baam
Fierern Hund.

Sauber!

Beweechd si nachds dei Beddvuurleecher
Is häichsde Zeid fiern Kammerjächer!

Kausalideedn

Werdds haaß und zimmli heggdisch
Woor der Schduhl elleggdrisch.

Kynologie

Niggs Schenners gibbds
Fier Bernnhaddiener
Als ab und zou
A drumm Lawiener

Fiern ADAC

In Rimmini woor mer
Leddsdn Julei
Wäi seid fuchzäih Johr
Mier bleibn Iddolien drei
Am Schdrand find mei Bou
Ers fassd scho finff Johr
A Muschl und helld ser si
Hie an sei Ohr
»Du«, sachder, »du Babba
Derffer di schdeern?
Horch moll hie, dou konnsd
Di Audobohn heern!«

Der Katholik
oder: Karfreitag-Blues

Gast: Iiech hedd gern a Haifischflossn-Subbn im Schillerloggn-Sud.

Kellner: Hommer nedd!

Gast: Goud, dann bringers mer an Dinndnfiesch »Drannssülwanien«, midd flammbierde Sauchnebff.

Kellner: Hommer nedd!

Gast: In Oddnung. Fuchzgg Boor eigleechde Eelsaddiener-Aung aaf Seedang-Bedd.

Kellner: Woss wollns?

Gast: Goud! Hobbder a nedd! Dann bringers mer halld a Dellphin-Leeberler, schäi gross rausbaggn in Muräänerner-Eel.

Kellner: Häääarr?

Gast: Ja, soongs ermoll, woss homm nern Sie iiberhabbdds? Ann marrinierdn Wool-Hoodn im Dahiddi-Qualln-Daach werrns ja wohl homm!

Kellner: Woss is?

Gast: Herrschaffdseidn! Ner Sie werri weideremmbffehln! Bringers mer sechzeh Aalzibbfl im Hechd-Haud-Manndl!

Kellner: Woss?

Gast: Woss! Woss! Woss! Leddsde Schoonz: a Boddsjoon Schdachlrochn-Schdachln, schäi glaaghaggd in Korallnsallds-Bräih!

Kellner: Hommer nedd!

Gast: Ja, ja, woss hobbds nern ihr no iieberhabbdds?

Kellner: Salzgnechler, Scheifferler, Schweinebroodn ...

Gast: Goud, goud! Dann bringers mer halld des! Und zwoor genau in der Reihenfolche!

Foußball

Der Roosn is gräi
Der Bladds, er is grouß
Und Milljooner werrn ausgschidd
Wenn er saudummer Fouß
In Ball erweng driffd
Und der zabbld im Door
Und däi gräing dann er Gelld
Woufier mancher fuchzgg Johr
Buggld und errberrd, su is is Leebn
Der aa driffd ins Door
Der ander derneebn!

Wemmer nedd schdargg is
Werrdds hadd in der Arggdiss

Nemmer oo, du wärsd a Lama
In Allaska, in am Zoo
Goud, iiech wass, ess is a Gschmarri
Obber nemmers halld moll oo
Schdellder vuur, dou wärs edds Winnder
Und däi sinn dou nedd grood kodds
Und vuur dier, dou schdenner Kinder
Iieberleech ders, bevuursd schboddsd!

Äägwadoor-Lüürigg

Di Sunner schdedd am Firmamennd
Gellb-eidri schdedds dou oobn
und scheind und schdichd und gläid und brennd
Is Oosdern, Bfingssdn, is Addvennd?
Wer wass des, in di Droobn?

Metamorphosen

Hauds an moddsdrumm Anker
Von am gräissern Danker
Zagg! Ins Meer nei, nunder
Dou wedd ass am Hering
Effders moll a Flunder.

Massdns is flach
Massdns is bladd:
Is Wadd

Nedd selldn is
Vom Schdrand zur Hallich
Er bissler feichd
Er bissler gwallich.

Wass Godd, dou gibbds doch goor kann Zweiffl
Offd hoggder im Deddail, der Deiffl

A Glannichkeid
Wäi offd scho hadd
Däi alles
Durchernander brachd?
Woss wär, zum Beischbill
Denn
A Knackworschd
Ohne »n«?

Fier Frau Dr. Allemann
(die netteste Zahnärztin, die mich je gefoltert hat)

Der gräissde Debb
Iiech konns verschdäih
Redd gern vo seine
Weisheidszäih

Groo Brie

Nemmer oo, du fährsd Audo
Und fährsd ieber an Hubbl
Und dei Finger is in der Noosn
Wall dou driggdi a Bubbl
Brouder, dou konnsd schbiern
Obbs scho waach is
Dei Hiern.

Konsumderror

A Fläschlär Schammbong wennsder kaffsd
des is suurer Woor
In der Drocherie, dou froongs di
gladd nach deim Hoor
Gecher druggns, schbräids, feddichs
Dou wersd nu gands bläid
No ja, hobbi gsachd
Gecher a dreggerds, wenns gäid!

Ers vuller »Esbridd«
Der bairische Hidd

Ess gedd di Brinzessin zum Brunner
In der Hend an weiß-blauer School
Si hadd gjoodld und volggsdimmli gsunger
Im Schnaadahibbff-Daggd is rummgschbrunger
Der Gruubbff woor verschdeggd hinderm School.

Der »Hiedsch«, er is derhergroochn
Di Gschichd, jeder kennds vo di Grimm
Quooggd hadder: »Du hassders verschbrochn!«
Nach Bier hadds dimmbbfflld und grochn
Und is End, Brouder, des, des woor schlimm.

Beim »Kissn« vermischdn sich Leiber
Däi im Dirnddl ganz eng middm Frosch
Su sinns, di bairischn Weiber
Di Brinzessin woor Carolin Reiber
Und der »Hiedsch«, des woor der Ernst Mosch!

Fränkisches bei ars vivendi

Helmut Haberkamm/Andreas Riedel
Lichd ab vom Schuß
Gedichte und Fotografien, Hardcover
ISBN 3-89716-095-1

Maximilian Kerner · Druggns Brood
Nonsens-Lyrik, Klappenbroschur
ISBN 3-931043-13-4

Fitzgerald Kusz · Schweig, Bub!
BR-Hörspielfassung, Audio-CD
ISBN 3-89716-036-6

Steffen Radlmaier (Hg.) · Made in Franken
Best of Mund-Art, Lyrik-Anthologie, Klappenbroschur
ISBN 3-89716-046-3
ISBN 3-89716-049-8 (mit Audio-CD)

Steffen Radlmaier (Hg.)/Horst Schäfer
Nürnberger Ansichten
Literarischer Textbildband, Klappenbroschur
ISBN 3-89716-096-X

Bernd Regenauer · Mensch Nützel
Ein lokalkoloriertes Kabarett, Audio-CD
ISBN 3-89716-005-6

Klaus Schamberger · Mein Nürnberg-Buch
Klappenbroschur
ISBN 3-931043-41-X

Harald Weigand · Franknleid
Gedichte, Klappenbroschur
ISBN 3-89716-034-X